CAMILLE DESMOULINS (1)

LA LANTERNE

AUX PARISIENS

BRAVES PARISIENS,

Quels remerciements ne vous dois-je pas? Vous m'avez rendue à jamais célèbre et bénie entre toutes les lanternes. Qu'est-ce que la lanterne de Sosie ou la lanterne de Diogène, en comparaison de moi? Il cherchait un homme, et moi, j'en ai trouvé 200 mille. Dans une grande dispute avec ce Louis XIII, mon voisin, je l'ai obligé de convenir que je méritais mieux que lui le surnom de Juste. Chaque jour je jouis de l'extase de quelques voyageurs anglais, hollandais, ou des Pays-Bas, qui me contemplent avec admiration; je vois qu'ils ne peuvent reve-

(1) Camille Desmoulins, né à Guise (Aisne), en 1769, avait vingt ans, quand au Palais-Royal, monté sur une chaise, un pistolet à la main, jetant au peuple pour cocardes les feuilles vertes du jardin, il poussa le cri de révolte qui fut le glas du vieux monde : « A la Bastille ! » Passionné, enthousiaste, nourri des souvenirs de l'antiquité républicaine, Camille fut le véritable boute-en-train de la Révolution. Sa plume élégante, facile, ses boutades d'enfant terrible, exercèrent sur tous l'influence que nous avons reconnue naguère à Rochefort, qui, par une sorte d'intuition d'identité, lui a emprunté son titre de la *Lanterne*

Ce qui manqua à Desmoulins, ce fut la rectitude dans les idées : il se préoccupa plus des personnes que des principes. Amoureux de popularité il lui sacrifia tout. Son journal, *les Révolutions de France et de Brabant* était franchement républicain, mais avant tout Desmoulins rêvait une société athénienne,

nir de leur surprise, qu'une lanterne ait fait plus en deux jours que tous leurs héros en cent ans. Alors je ne me tiens pas d'aise, et je m'étonne qu'ils ne m'entendent pas m'écrier : Oui, je suis la reine des lanternes.

Citoyens, je veux me rendre digne de l'honneur qu'on m'a fait de me choisir. Le public se groupe et se renouvelle sans cesse autour de moi. Je n'ai pas perdu un mot de ce qui s'y est dit ; j'ai beaucoup observé, et je demande aussi la parole.

Avant de venir aux reproches que je voudrais bien n'avoir point à faire à la Nation, d'abord elle recevra de moi les compliments qui lui sont dus. Dans les dernières ordonnances, on remarque un style tout nouveau. Plus de *Louis, par la grâce de Dieu ;* plus de *car tel est notre plaisir*. Le roi fait à son armée l'honneur de lui écrire ; il demande aux soldats leur affection. Je n'aime pas qu'il la demande au nom de ses ancêtres, et on voit bien que le libraire Blaizot, ne lui a point remis d'exemplaire d'une certaine brochure où on a fait les portraits de ses pères. Au demeurant, la lettre est des plus polies. Le nouveau secrétaire de la guerre connaît les bienséances, et ce style m'enchante.

N'avez-vous pas remarqué encore que le cri de vive le roi n'est plus si commun, et vieillit comme le cri Montjoie Saint-Denis. Autrefois, si les Parisiens avaient donné au prince un vaisseau, ou accordé un octroi, au lieu de

artistique, disons le mot, épicurienne. Sa finesse, ses mots spirituels enthousiasmaient Paris : mais l'éloquence âpre et positive des Jacobins devait bientôt lui porter ombrage. Il devint alors plus excessif que les plus violents, et certes c'est à lui qu'il faut reporter la responsabilité de l'exécution des Girondins. Il a entraîné la Révolution dans les voies de la violence : puis, comme surpris de son œuvre, il voulut la retenir et fut frappé à son tour, subissant l'injustice atroce qui déshonore l'esprit de parti. Il avait trente-trois ans quand sa tête tomba, avec celle de Danton.

Camille Desmoulins eut la fièvre révolutionnaire et parfois le délire : mais ce fut un honnête homme et un grand citoyen.

Sa *Lanterne* est, parmi ses écrits, celui qui résume le mieux son talent et son caractère.

ILLUSTRÉE
LIVRES DU PEUPLE
Nº 52
CAMILLE DESMOULINS
—
LA LANTERNE
DROITS de L'HOMME
10 CENTIMES
10 CENTIMES
10 CENTIMES
L. BOULANGER
ÉDITEUR
J. LERMINA

Il paraît un volume par semaine. Chaque volume pris chez l'éditeur ou chez les libraires ou marchands de journaux, coûte **10 Centimes**.

Chaque volume envoyé *franco* par la poste, coûte **15 Centimes**.

Cette augmentation n'est pas autre chose que le prix réclamé par la poste. — Les cinquante premiers volumes sont :

1. **Victor Hugo.** — A travers son Œuvre.
2. **Général Boulanger.** — Biographie et Discours.
3. **Molière.** — Les précieuses Ridicules.
4. **Gambetta.** — L'affaire Baudin.
5. Papiers et Correspondances de la Famille impériale.
6. **Diderot.** — Ceci n'est pas un Conte.
7. **Ch. Floquet.** — Paris et la République.
8. **J.-J. Rousseau.** — Confessions. — L'Enfance.
9. **Ch.-L. Chassin.** — Le Centenaire de 89.
10. **Jules Claretie.** — Les Derniers Montagnards.
11. **J. Grévy.** — Biographie et Discours.
12. 13. **Voltaire.** — Candide.
14. **Racine.** — Les Plaideurs.
15. **Restif de la Bretonne.** — Les vingt épouses des Vingt associés.
16. **Thiers.** — Le 18 mars.
17. **Desaugiers.** — Chansons.
18. **Danton.** — La Patrie en danger.
19. **Les Jésuites.** — Leurs instructions secrètes.
20. **Mercier.** — Paris en 1789.
21. **Jules Lermina.** — La France martyre.
22. 23. **Molière.** — Le Tartufe.
24. **Hégésippe Moreau.** — Contes. — La Souris blanche.
25. **Journiac Saint-Méard.** — Mon Agonie (1793).
26. **Mirabeau.** — Opinions et Discours.
27. 28. **Beaumarchais.** — Le Barbier de Séville.
29. **Lafontaine.** — Fables.
30. **J.-J. Rousseau.** — Le Contrat social.
31. **Barbès.** — Deux jours de Condamnation à mort.
32. **Molière.** — L'Ecole des Maris.
33. **Diderot.** — Les deux Moines.
34. 35. 36. **Beaumarchais.** — Le Mariage de Figaro.
37. **Tony Révillon.** — Hoche.
38. **Lamennais.** — Le Livre du Peuple.
39. 40. **X. de Maistre.** — La jeune Sibérienne.
41. **Edouard Lockroy.** — Biographie et Extrait.
42. 43. 44. **Longus.** — Daphnis et Chloé.
45. **Voltaire.** — Poésies.
46. **Eugène Spuller.** — Biographie et Discours.
47. 48. **Corneille.** — Le Menteur.
49. 50. 51. **Rabelais.** — Gargantua.
52. **Camille Desmoulins.** — La Lanterne.
53. **Carnot.** — La Révolution Française.

crier : Vive la bonne ville de Paris, on criait : Vive le roi ! Si nous avions battu les Impériaux, au lieu de crier : Vive nos soldats ! vive Turenne ! sous leurs tentes remplies de blessés, les bonnes gens criaient : vive le roi ! pendant qu'à cent lieues de là, le roi reposait mollement sous les pavillons de la volupté, ou poursuivait un daim dans la forêt de Fontainebleau. — Dernièrement encore dans la nuit du 4 août, lorsque la noblesse et les communes disputaient de sacrifices, se dépouillaient à l'envi, et qu'on entendait de toutes parts dans l'Assemblée nationale ces mots touchants : Nous sommes tous égaux, tous amis, tous frères ; au lieu de s'écrier : Vive le vicomte de Noailles, vive le duc d'Aiguillon, vive Montmorency, Castellane, vive Mirabeau qui leur a donné l'exemple, vive la Bretagne, vive le Languedoc, l'Artois et le Béarn, qui sacrifient si noblement leurs privilèges, n'a-t-on pas vu M. de Lally s'égosiller à crier : Vive le roi, vive Louis XVI, restaurateur de la liberté française ! Il était lors deux heures après-minuit, et le bon Louis XVI, sans doute dans les bras du sommeil, ne s'attendait guère à cette proclamation, à recevoir, à son lever une médaille, et qu'on lui ferait chanter, avec toute la cour, un fâcheux *Te Deum* pour tout le bien qu'il venait d'opérer. M. de Lally, rien n'est beau que le vrai.

Aujourd'hui l'Assemblée nationale semble mieux sentir sa dignité. M. Target en a fait l'expérience, lorsque, suivant le vieux style, ayant commencé sa dernière adresse par ces mots : Sire, nous apportons aux pieds de Votre Majesté, on lui cria : *A bas les pieds.* Ce qui doit consoler l'honorable membre de cette disgrâce, c'est l'adresse de remercîment qu'il vient de recevoir de la part des anguilles de Melun, sur son sursis au droit de pêche. Français, vous êtes toujours le même peuple, gai, aimable, et fin moqueur. Vous faites vos doléances en vaudevilles, et vous donnez dans les districts votre scrutin sur l'air de Malbroug. Mais ce peuple railleur la nuit, du 4 août l'élève au-dessus de toutes les nations. On a bien vu chez les autres peuples le patriotisme faire des sacrifices, et les femmes, dans les calamités, porter leurs pierreries au Trésor public : les dames romaines se dépouillaient de leur or, mais il leur fallait des distinctions, des litières, des chars, des ornements exclusifs, et du rouge; autrement, disaient-elles, et si on ne révoque la loi *Appia*, nous ne ferons plus d'enfants. Il était réservé aux dames françaises de renoncer même aux honneurs, et de ne plus vouloir de distinctions que celles dont les vertus ne sauraient se défendre, les bénédictions du peuple.

Français, est-ce que vous n'instituerez pas une fête commémorative de cette nuit où tant de grandes choses ont été faites sans les lenteurs du scrutin, et comme par inspiration ? *Hæc nox est...* C'est cette nuit, devez-vous dire, bien mieux que de celle du samedi saint, que nous sommes sortis de la misérable servitude d'Egypte. C'est cette nuit qui a exterminé les sangliers, les lapins, et tout le gibier qui dévorait nos récoltes. C'est cette nuit qui a aboli la dîme et le casuel. C'est cette nuit qui a aboli les annates et les dispenses, qui a ôté les clefs du ciel à un Alexandre VI, pour les donner à la bonne conscience. Le pape ne lèvera plus maintenant d'impôt sur les caresses innocentes du cousin et de la cousine. L'oncle friand, pour coucher avec sa jeune nièce, n'aura plus besoin de demander qu'à elle une dispense d'âge. C'est cette nuit qui, depuis le grand réquisiteur Séguier jusqu'au dernier procureur fiscal de village, a détruit la tyrannie de la robe. C'est cette nuit qui en supprimant la vénalité de la magistrature, a procuré à la France le bien inestimable de la destruction des parlements. C'est cette nuit qui a supprimé les justices seigneuriales et les duchés-pairies ; qui a aboli la main-morte, la corvée, le Champart et effacé de la terre des Francs tous les vestiges de la servitude. C'est cette nuit qui a réintegré les Français dans les droits de l'homme, qui a déclaré tous les citoyens égaux également admissibles à toutes les dignités, places, emplois publics ; qui a arraché tous les offices civils, ecclésiastiques et militaires, à l'argent, à la naissance, et au prince, pour les donner à la nation et au mérite. C'est cette nuit qui a ôté à une madame de Béarn sa pension de quatre-vingt mille livres, pour avoir été si dévergondée que de présenter la du Barry ; qui a ôté à madame d'Espr. sa pension de vingt mille livres, pour avoir couché avec un ministre. C'est cette nuit qui a supprimé la pluralité des bénéfices, qui a ôté à un cardinal de Lorraine ses vingt-cinq ou trente évêchés, à un prince de Soubise ses quinze cent mille livres de pension, à un baron de Besenval les sept à huit commandements de prince, et qui a interdit la réunion de tant de places qu'on voit accumulées sur une seule tête dans les épîtres dédicatoires et les épitaphes. C'est cette nuit qui a fait le curé Grégoire évêque, le curé Thibaut évêque, le cure du vieux Pousanges évêque, l'abbé Syeyès évêque. C'est elle qui ôte aux Eminences la calotte rouge, pour leur donner la calotte de saint Pierre ; qui a ôté à Leurs Excellences, à Leurs Grandeurs, à Leurs Seigneuries, à Leurs Altesses, ce ruban bleu, rouge, vert,

> Que la grandeur insultante
> Portait de l'épaule au côté,
> Ce ruban que la vanité
> A tissu de sa main brillante.

Au lieu de ce cordon de la faveur, il y aura un cordon du mérite ; et l'ordre national, au lieu de l'ordre royal. C'est cette nuit qui a supprimé les maîtrises et les privilèges exclusifs. Ira commercer aux Indes qui voudra. Aura une boutique qui pourra. Le maître tailleur, le maître cordonnier, le maître perruquier pleureront ; mais les garçons se réjouiront, et il y aura illuminations dans les lucarnes. C'est cette nuit enfin que la justice a chassé de son temple tous les vendeurs pour écouter gratuitement le pauvre, l'innocent, et l'opprimé; cette nuit qu'elle a détruit, et le tableau, et la députation, et l'ordre des avocats, cet ordre accapareur de toutes les causes, exerçant le monopole de la parole, prétendant exploiter exclusivement toutes les querelles du royaume. Maintenant tout homme qui aura la conscience de ses forces et la confiance des clients pourra plaider. Me Erucius sera inscrit sur le nouveau tableau, encore qu'il soit batard; Me Jean-Baptiste Rousseau, encore qu'il soit fils d'un cordonnier; et Me Démosthène, bien que dans son souterrain il n'y ait point d'antichambre passable. O nuit désastreuse pour la Grand'Chambre, les greffiers, les huissiers, les procureurs, les secrétaires, les sous-secrétaires, les beautés solliciteuses, portiers, valets de chambre, avocats, gens du roi, pour tous les gens de rapine! Nuit désastreuse pour toutes les sangsues de l'Etat, les financiers, les courtisans, les cardinaux, archevêques, abbés, chanoines, abbesses, prieurs, et sous-prieurs! Mais, ô nuit charmante, *o vere beata nox*, pour mille jeunes recluses, bernardines, bénédictines, visitantines, quand elles vont être visitées par les pères bernardins, bénédictins, carmes, cordeliers, que l'Assemblée nationale biffera leur écrou, et que l'abbé Fauchet alors, pour récompense de son patriotisme et pour faire crever de rage l'abbé Maury, devenu patriarche du nouveau rit, et à son tour président de l'Assemblée nationale, signalera sa présidence par ces mots de la Genèse, que les nonnains n'espéraient plus d'entendre : *Croissez et multipliez*. O nuit heureuse pour le négociant à qui la liberté de commerce est assurée! heureuse pour l'artisan, dont l'Industrie est libre et l'ardeur encouragée, qui ne travaillera plus pour un maître, et recevra son salaire lui-même! heureuse pour le cultivateur dont la propriété se trouve accrue au moins d'un dixième, par la suppression des dîmes et droits féodaux! heureuse enfin pour tous, puisque les barrières qui fermaient à presque tous, les chemins des honneurs et des emplois, sont forcées et arrachées pour jamais, et qu'il n'existe plus entre les Français d'autres distinctions que celle des vertus et des talents. Immortel Chapelier, toi qui présidas à cette nuit fortunée, comment as-tu levé si tôt la séance, et pu entendre sonner l'heure, au milieu d'une assemblée saisie de tant de patriotisme et d'enthousiasme. Tu as cru qu'il ne fallait pas être envieux des succès du temps. Mais avec cette métaphysique, la Bastille serait encore debout. Comment n'as-tu pas vu qu'en prolongeant la séance deux heures de plus, l'impétuosité française achevait de détruire tous les abus? Cette Bastille était aussi emportée en une seule attaque et le soleil se levait en France sur un peuple de frères, et sur une république bien plus parfaite que celle de Platon.

L'illustre Lanterne, après avoir un peu repris haleine, continua en ces termes :

Il est temps que je mêle à ces éloges de justes plaintes. Combien de scélérats viennent de m'échapper ! Non que j'aime une justice trop expéditive; vous savez que j'ai donné des signes de mécontentement lors de l'ascension de Foulon et Berthier, j'ai cassé deux fois le fatal lacet. J'étais bien convaincue de la trahison et des méfaits de ces deux coquins ; mais le menuisier mettait trop de précipitation dans l'affaire. J'aurais voulu un interrogatoire et révélation de nombre de faits.

Au lieu de constater ces faits, aveugles Parisiens, peut-être aurez-vous laissé dépérir les preuves de la conspiration tramée contre vous ; et tandis qu'elle n'a prêté son ministère qu'à la justice et à la patrie, qui le demandaient, vous déshonorez la Lanterne. Ma gloire passera, et je resterai souillée de meurtres dans la mémoire des siècles. Voyez comme le sieur Morande, dans son *Courrier de l'Europe*, et le *Gazetier de Leyde* m'ont déjà calomniée ! Je laisse aux lanternes de ce pays-là le soin de me venger : Quoi que disent ces journalistes pensionnés,

Grâces au ciel, mes mains ne sont point criminelles.

Cependant, pourquoi vous mettre si peu en peine de notre commune justification ? Déjà le corps du délit est constant. Est-ce qu'on peut douter du complot formé contre Brest ? Est-ce qu'il n'est pas évident qu'il y avait une conspiration plus épouvantable encore contre Paris ? Est-ce qu'il n'y avait pas des maisons marquées à la craie ? Est-ce qu'on n'a pas découvert une quantité énorme de mèches soufrées ? Que signifiaient ces deux régiments d'artillerie, cent pièces de canon, et ce déluge d'étrangers, ce régiment de Salis-Samade, Châteauvieux, Diesback, Royal-Suisse, Royal-Allemand, Rœmer, Bercheny, Estherazy, cette multitude de hussards et d'Autrichiens altérés de pillage et prêts à se baigner dans le sang de ce peuple si doux, qu'aujourd'hui même à peine peut-il croire à l'existence de ce complot infernal. Mais comment n'y pas croire ? Est-ce qu'on n'avait pas transporté trois pièces d'artillerie jusque sur la terrasse du jardin du citoyen à Passy, parce qu'on l'avait trouvée propre à canonner de là les Parisiens, sur ce même quai où Charles IX les avait arquebusés, il y a deux cents ans ? Est-ce que Besenval ne s'est pas mis en fureur à la nouvelle du renvoi imprudent de M. Necker, parce que c'était sonner avant le temps les Vêpres siciliennes, et éventer toute la mine ? Est-ce que ce Mesmai, le conseiller du parlement de Besançon, n'a pas dévoilé aussi follement la scélératesse des aristocrates ses pareils, et toute la noirceur de leurs desseins ? Est-ce que, pour surprendre notre confiance, et afin que notre artillerie ne jouât point entre des mains perfides, on n'a pas revêtu l'habit de canonniers, des espions qu'un véritable canonnier, M. Ducastel, a démasqués, et sur lesquels il est tombé à coups de sabre ? Est-ce qu'on n'avait pas de même préparé une infinité d'habits de gardes françaises, pour en revêtir des traîtres qui nous égorgeassent sans peine? Est-ce que Flesselles n'a pas envoyé les citoyens de cinq à six districts chercher, le lundi à minuit, des armes aux Chartreux et dans d'autres endroits aussi écartés, espérant qu'il en serait fait une boucherie, et que les assassins enregimentés qui rôdaient autour de la ville, les voyant sans armes, hâteraient l'exécution de leurs desseins, et s'enhardiraient à pénétrer dans la capitale? Est-ce qu'il n'est pas évident que l'émeute du faubourg Saint-Antoine, si bien payée, n'avait été excitée par le parti des aristocrates, qu'afin de s'autoriser à faire avancer des troupes? Qui ne voit qu'on n'a ordonné alors aux gardes françaises et à Royal-Cravate de tirer sur les citoyens et de fusiller des gens sans armes, ivres, et épars dans le jardin de Réveillon, qu'afin de faire déguster aux soldats le sang de leurs concitoyens, et d'essayer leur obéissance? Enfin qui n'a pas entendu les canonniers révéler qu'ils avaient avec eux une forme ambulante et leurs grils prêts, pour nous envoyer des boulets rouges? Sentinelle vigilante du peuple, l'estimable M. Gorsas et autres journalistes ont observé, du haut de leur guérite, toutes les manœuvres de nos ennemis. On a développé dans le *Courrier de Versailles à Paris*, dans le *Point du jour*, etc., leur plan d'attaque; et j'ai entendu de respectables militaires, des officiers généraux, attachés au prince par des pensions, et non suspects, malgré leur répugnance à croire que Louis XVI eût pu, comme le grand Théodose, commander un massacre de Thessalonique, obligés de s'avouer à eux-mêmes qu'il n'est que trop vrai qu'une cour aussi corrompue que celle de Catherine de Médicis était aussi sanguinaire.

Ainsi donc, ces petits-maîtres et petites-maîtresses, si voluptueux, si délicats, si parfumés, qui ne se montraient que dans leurs loges, ou dans d'élégants phaétons; qui chiffonnaient, dans les passe-temps de Messaline et de Sapho, l'ouvrage galant de la demoiselle Bertin, à leurs soupers délicieux, en buvant des vins de Hongrie, trinquaient dans la coupe de la volupté à la destruction de Paris et à la ruine de la nation française. Là, les Broglie, les Bezenval, les d'Antichamp, les Narbonne-Fritzlard, Lambesc, de Lambert, Bercheny, Condé, Conti, d'Artois, le plan de Paris à la main, montraient gaîment comme le canon ronflerait des tours de la Bastille; comme, des hauteurs de Montmartre, les batteries choisiraient les édifices et les victimes; comme les bombes iraient tomber paraboliquement dans le Palais-Royal. J'en demande pardon à M. Bailli, cet excellent citoyen, ce digne maire de la capitale; mais il sait bien que le maire de Thèbes, Epaminondas, au rapport de Cornélius Népos, ne se serait jamais prêté à un mensonge, même pour ramener le calme. A qui fera-t-il croire que la plate-forme de Montmartre n'ait pas été destinée uniquement à nous foudroyer et qu'elle puisse servir à un autre usage? Bons Parisiens, il y avait donc contre vous une conspiration exécrable. La conjuration des poudres, dont la découverte est célébrée à Londres par une fête anniversaire, était mille fois moins constatée, et vous n'avez échappé au meurtre que par votre courage, parce que les scélérats, les traîtres sont toujours lâches, qu'ils ne sont animés que par l'égoïsme et le vil intérêt, et que d'une passion basse il ne peut naître de grandes choses; au lieu que le patriotisme, c'est-à-dire l'amour de ses frères et l'oubli de soi-même, enfante des actions héroïques, vous n'avez échappé enfin à ce péril que parce que l'ange tutélaire des bords de la Seine a visiblement veillé sur vous, et que, comme le disait Benoît, la France est le royaume de la Providence.

Puisque la trahison est avérée, pourquoi s'enquérir si peu des traîtres? Je le dirai avec la modération qui sied à une Lanterne, mais aussi avec la franchise qui convient dans un pays libre, et remplissant le rôle de vigilance qu'on doit attendre de mon ministère et de l'œil du grand justicier de France, nous tenons Besenval, d'Esprémenil, Maury, le duc de Guiche ; tant mieux s'ils se trouvent innocents ! Mais je n'aime point qu'on ait relâché Cazalès. Sa personne est sacrée, dit-on. Je n'entends point ce mot-là. Veut-on dire du sieur Cazalès comme la loi romaine, c'est-à-dire le flatteur Ulpien, le disait du prince : Il est au-dessus des lois. *Legibus solutus est.* Cela est faux ; il n'y a de sacré et d'inviolable que l'innocence ; elle seule peut braver la Lanterne. Une foule de cahiers prononcent la responsabilité des députés, loin de défendre qu'on leur fasse le procès, si le cas y échet. D'Esprémenil, Maury, Cazalès, sont-ils plus inviolables que le préteur Lentulus, le dictateur César, le tribun Saturninus, qui tous étaient personnes sacrées ? C'était aussi une personne sacrée que le roi Agis. Qu'on me montre dans les archives de la justice un monument plus auguste, et qui inspire à tous les mortels une terreur plus sainte, plus salutaire pour son glaive, que l'inscription qu'on lisait sur une colonne dans le temple de Jupiter Lycien. Les Arcadiens, après avoir mis à mort leur roi Aristodème, traître envers la patrie, avaient érigé cette colonne, et gravé ces mots : *Les rois parjures sont punis tôt ou tard, avec l'aide de Jupiter. On a enfin découvert la perfidie de celui ci, qui a trahi Messène. Grand Jupiter, louanges vous soient rendues !*

Pourquoi a-t-on relâché ce marquis de Lambert ? Il pleurait, et j'entendis un jeune homme lui dire : Misérable, il fallait pleurer quand tu reçus l'ordre horrible d'égorger tout un peuple, s'il persistait à réclamer ses droits. Lâche, tu étais prêt à massacrer des femmes, des enfants, des vieillards ; tu étais général d'une armée de bourreaux, et ne sais pas mourir ! Tu n'échapperas point à la Lanterne. Il m'a pourtant échappé.

Pourquoi relâcher encore l'abbé de Calonne, le duc de la Vauguyon, et tant d'autres? Je ne veux pas dire qu'ils fussent coupables. L'image du menuisier terrible, et l'exemple de quelques fatales méprises, peuvent effrayer, même l'innocence. Mais la fuite, le travestissement et les circonstances les rendaient au moins suspects; et c'est un mot plein de sens que celui que l'orateur romain adresse quelque part aux patriotes : *In suspicione latratote.* Dans la nuit, les oies du Capitole font bien de crier. Nous sommes maintenant dans les ténèbres, et il est bon que les chiens fidèles aboient même les passants, pour que les voleurs ne soient pas à craindre. Le comité des crimes de lèse-nation a ordonné l'élargissement de tel ou tel, nonobstant la rumeur publique qui les accusait. Puisque l'Assemblée nationale l'a prononcé, qu'ils partent librement, qu'ils continuent leur route vers Botany-Bay; moi, je féliciterai au moins M. de Robespierre de s'être opposé de toutes ses forces à l'élargissement du duc de la Vauguyon. M. Glaizen s'y opposa d'une autre manière, plus éloquente encore. Membre du comité criminel, il a donné sa démission à l'instant même. La chose parle de soi. Honneur à MM. Glaizen et de Robespierre!

Je me permettrai de dire encore : Pourquoi le public ne les a-t-il pas lus? On a cité les Athéniens qui renvoyaient, sans les ouvrir, les lettres interceptées de Philippe à sa femme. Oui, mais ils décachetaient celles qui étaient adressées aux ennemis. En temps de guerre, les Anglais ouvrent toutes les lettres. Je nommerai M. de Clermont-Tonnerre, quoique président, et le premier personnage de la nation, dans cette quinzaine. L'honorable membre, un peu trop éloquent, a excédé étrangement ses pouvoirs, quand il s'est fait si zélé médiateur pour Bezenval, pour son oncle, et Castelnau. Cette lettre, est-il venu dire à l'Assemblée nationale, est purement d'honnêteté; je l'ai lue. Ce *je l'ai lue* est plaisant. Parisiens, aviez-vous donc dit, comme les Grecs assemblés, à Thémistocle : *Lisez-le à Aristide*! Et M. de Clermont-Tonnerre est-il votre Aristide? Il y a une loi qui dit : *Adultera, ergo vene fica.* Je ne veux pas conclure de même : Il est noble, donc aristocrate. A Dieu ne plaise! Moi-même, le mercredi 15 juillet, lorsque les augustes représentants de la nation se rendirent à la ville, comme ils défilaient sous les drapeaux des gardes françaises, je n'oublierai jamais que je vis un noble, le vicomte de Castellane, baiser avec transport ces drapeaux de la patrie. Je l'ai vu, et j'en ai tressailli de joie. Tout ce que je veux dire, c'est que la lettre déchirée par le baron de Castelneau devait être lue publiquement et affichée, comme on devait afficher la lettre de Flesselles à Delaunay, la lettre de Besenval à Delaunay, l'ancienne lettre de Sartines à son digne ami Delaunay.

Cela est vieux, dit-on, et devrait être oublié. Mais s'imagine-t-on que j'aie oublié qu'un certain électeur de Paris, dépêché alors à Versailles pour remettre à l'instant les lettres interceptées dans les mains de Castelnau, et rendu à trois heures après midi, ne remit ces dépêches qu'à dix heures du soir? S'imagine-t-on que je me souvienne plus que le sieur de Messemy, figurant aujourd'hui parmi les représentants de la commune, était le féal du sieur Barentin et le directeur de la librairie? S'imagine-t-on que j'aie oublié que dans la consternation de la capitale, le dimanche 12 juillet, quand les plus zélés patriotes, parmi les électeurs, conjuraient M. de la Vigne, leur président, de sonner à l'instant le tocsin et de convoquer leur assemblée générale, ce pusillanime président les désespéra par ses refus ; et malgré les reproches les plus durs qu'il essuyait de ces zélateurs du bien public sut reculer encore de 24 heures, en temporisant, une assemblée dont la tenue était si urgente, et qu'il reculait déjà depuis plusieurs jours, malgré le murmure général; s'imagine-t-on que j'aie oublié que le sieur de Baumarchais était l'intime du sieur Le Noir, cet honnête lieutenant de police? Encore je pardonnerais plutôt au député de Sainte-Marguerite. Il a bafoué le comte Almaviva, les Robins, le Directeur de la librairie, et la Chambre syndicale. *Figaro* et *Tarare* étaient des bonnes pièces de théâtre, politiquement parlant. Le monologue de Figaro est une œuvre méritoire, et les Perses tenaient de Zoroastre, la coutume de mettre les bonnes actions de l'accusé dans un plat de la balance, et les mauvaises dans l'autre.

J'aimerais pourtant mieux voir la commune de Paris représentée par des citoyens tels que l'auteur des *Etudes de la nature* et de *Paul et Virginie*. Comment se peut-il que les honneurs n'aillent pas chercher au fond de sa retraite cette homme de lettres si modeste, ce sage qui fait tant aimer la nature? O vertu ! resteras-tu toujours sans honneur? Le philosophe observateur qui a fait l'*An* 2440, le *Tableau de Paris* et d'autres ouvrages qui ont eu plus d'utilité que d'éclat, devait aussi n'être pas oublié. Mais le mérite dédaigne l'intrigue, au lieu qu'il y a des gens qui ne vont jamais au fond ; quoi qu'on fasse, ils se trouvent toujours sur l'eau.

Combien j'en pourrais nommer qui, venus à la onzième heure, ou même n'étant point venus du tout, ou même désespérés, et dans le secret de leur cœur gémissant sans cesse de la révolution, non seulement ont osé demander les récompenses de ceux qui avaient devancé l'aurore et supporté seuls tout le poids du jour, mais qui leur ont envié jusqu'à la plus petite feuille de la palme qui leur était due. Qu'Ulysse, que Thersite même, ou que Stentor ravisse les armes d'Achille, qu'importe aux généreux patriotes qui ont bravé les supplices, en soulevant le peuple à la liberté, en appelant la nation aux armes? Ils jouissent d'une récompense, la seule digne d'eux ; ils ont vu fuir les aristocrates ; ils voient la nation affranchie; il ne peut manquer à leur bonheur qu'une seule chose, l'assurance que le peuple Français ne reprendra plus ses fers, qu'il ne retombera point d'une aristocratie dans une autre.

Mais il semble qu'on ne s'applique pas assez à étouffer tous les germes de l'aristocratie. Pourquoi ces épaulettes, cette pomme de discorde jetée dans les soixante districts? Lorsqu'on n'a pris les armes que contre l'aristocratisme, c'est-à-dire, contre l'orgueil des distinctions, contre l'esprit de domination, pour se rapprocher, autant qu'il est possible, de l'égalité originelle, et amener un état de choses qui avertit sans cesse que tous sont frères, pourquoi distinguer l'épaule de l'officier de celle du soldat? Il existait un arrêté si sage du district de Saint-Joseph, que tout le monde aurait le même uniforme, qu'il n'y aurait de marques distinctives qu'aux heures du service; comment se peut-il que l'auteur d'une motion qui coupait les racines de tant de querelles, de jalousies, de cabales, n'ait pas été remercié, que sa motion n'ait pas été unanimement accueillie? Si les Français sont un peuple vain et qu'il leur faille absolument des distinctions, eh bien, que l'Assemblée nationale institue un ordre national; que la décoration en soit accordée à ceux qui se seront signalés par une action héroïque. Mais dans ce moment je demande à tous ces Messieurs, aristocrates sans le savoir, que nous rencontrons dans les promenades, marqués d'une épaulette, pourquoi ils veulent se distinguer des autres, et quelle est l'action belle et généreuse qui leur a acquis ce droit. Dans une conscription militaire de bourgeois, dans un moment où on a eu à peine le temps de se reconnaître, où l'épaulette ne peut pas être encore une preuve de mérite et de courage, la porter n'est-ce pas porter sur l'épaule une accusation de brigue, d'ambition et de cabale, ou au moins cet écriteau : Aristocrate. Car qu'est-ce que l'aristocratie, sinon la fureur de primer sans raison. La nature n'a mis que trop d'inégalités parmi les hommes, sans que l'ambition en introduise de chimériques.

Cette sortie contre les épaulettes m'a entraîné bien loin de mon sujet. Revenons à l'Assemblée nationale et au Comité criminel. Encore une petite anecdote. Je ne sais quel district avait écrit au comité que l'abbé de Vermond était en tel endroit, où, pour l'arrêter, on n'attendait que l'autorisation des Douze. Mais parmi eux, il y avait un évêque qui abhorre le sang, et Me Tronchet qui abhorre l'aristocratie comme un bâtonnier. La réponse fut que cette affaire ne les regardait pas. Eh! Monsieur, c'est donc moi que cela regarde? Comment l'Assemblée nationale, de qui on peut dire avec vérité que tout pouvoir lui a été donné sur la terre, doute-t-elle si elle a autant de droit qu'un bailli de village de décréter sur la rumeur publique? Quand on ne marie pas les filles, disait le vieux Bélus, le père de la princesse de Babylone, elles se marient elles-mêmes. Quand on ne fait pas justice au peuple, il se la fait lui-même. Aussi ai-je vu ce jour-là des citoyens courir éperdus autour de moi, en criant avec une voix terrible: « O Lanterne! Lanterne! »

Loin de moi l'affreux dessein de décrier les représentants de la nation et une assemblée telle qu'il n'y en eut jamais dans l'univers d'aussi auguste, aussi remplie de lumière et enflammée de patriotisme. Ce sont nos législateurs et nos oracles. Mais la défiance est mère de la sûreté. Bons Parisiens, où en seriez vous si vous aviez ajouté foi à ces belles paroles: que les hussards et le canon n'avançaient que pour garantir vos boutiques du pillage et faire la police? L'aristocratie respire encore. Les Tarquins sont errants et cherchent Porsenna; mais que Porsenna tremble, et qu'il sache que la France ne manque pas d'hommes aussi courageux que Mucius, et qui cette fois ne se tromperont pas de victime. Français, les ennemis du bien public, désespérant de vous conquérir si vous voulez être libres, ont pris le parti de vous dégoûter de la liberté par les excès de la licence. C'est dans cette vue qu'ils ont lâché contre le peuple ces enragés, ces hordes de brigands qui désolent et pillent les provinces. Non, ce n'est point le peuple qui commet tant de brigandage, ce n'est point le peuple que j'ai vu rapporter avec tant de fidélité l'or et les bijoux de Flesselles, Delaunay, Foulon, Berthier ; ce ne peut pas être ce même peuple qui, à Paris, faisait justice si prompte et si exemplaire des filous pris sur le fait, et qui, à Versailles, vient d'arracher au supplice un parricide. Mais il est des brigands soudoyés par un parti, des hommes sans asile, la lie des hommes qu'on a versés sur la France. Plusieurs se promènent dans nos villes ; ils se mêlent dans les groupes de citoyens ; ils font presse au Palais-Royal. Ce sont eux qui ont bien osé demander la tête de M. de La Fayette et de M. Bailly.

« Il est clair, remarque très bien le *Courrier de Versailles à Paris*, qu'il y a des moteurs secrets et puissants de ces insurrections. Des gens déguenillés, que des travaux continuels pouvaient à peine préserver de la faim, il y a quelque temps, passent les journées sur la place. Ils sont donc payés. On a vu des hommes semer de l'argent dans la dernière classe du peuple ; que sont-ils devenus? Qu'est-il devenu cet abbé qu'on avait été contraint d'arrêter parce qu'il avait été dénoncé par des personnes au témoignage desquelles on devait des égards, et qu'on n'a mis dans les liens d'un décret, que pour le soustraire à la Lanterne et à la question, où on voulait l'appliquer préalablement? Qu'est-il devenu ce chevalier soi-disant décoré d'un ordre étranger, au jugement duquel on a sursis que pour ne point le juger du tout? Que sont devenus tant d'autres personnages suspects, dont on a facilité et payé l'évasion? Ne serait-il pas de la justice de l'Assemblée nationale de se faire rendre un compte public de ce qu'on a fait de ces premiers coupables, et de leur interrogatoire? » Quoique... tout le monde sait que le chancelier d'Aguesseau s'enferma en vain douze heures avec le plus habile déchiffreur, pour lire le dernier interrogatoire et le testament de mort de Ravaillac. Il était écrit en lettres illisibles par un certain Gilbert alors greffier de la cour. De lui, viennent les présidents Gilbert. Il y a eu bien des interrogatoires écrits de la sorte. Mais voilà bien assez de doléances pour cette fois, et j'aurai fourni matière assez ample aux réflexions.

Il reste à vous prémunir contre le venin de quelques motions faites dans l'Assemblée nationale, et contre quelques écrits qui circulent dans la capitale. Parmi ces brochures dangereuses, il y en a une assez piquante; intitulée : « *Le Triomphe des Parisiens.* » L'auteur voudrait leur faire croire que leur cité va devenir aussi déserte que l'ancienne Babylone, que les Français vont être transformés en un peuple de laboureurs, de jardiniers, et de philosophes, avec le bâton et la besace; que dans six mois l'herbe cachera le pavé de la rue Saint-Denis et de la place Maubert, et que nous aurons des couches de melon sur la terrasse des Tuileries, et des carrés d'oignons dans le Palais-Royal. Adieu les financiers, dit l'auteur, Turcaret renverra son Suisse et mangera du pain sec. Les prélats, les bénéficiers à gros ventre vont devenir d'étiques congruistes. Si les bonnes mœurs renaissent, adieu les beaux-arts. Ah ! M. Fargeon, que vous sert d'avoir surpassé tous les parfumeurs de l'Egypte? Et vous, M. Maille, que vous servira d'avoir imaginé le vinaigre stytique, qui enlève les rides et unit le front comme une glace; le vinaigre de cyprès, qui en douze jours change immanquablement la blonde en une brune; le vinaigre sans pareil, qui blanchit, polit, affermit, embellit; enfin, ce vinaigre qui fait les vierges, ou du moins qui les refait, et dans l'annonce duquel vous prévenez si plaisamment les dames qu'elles peuvent l'envoyer chercher, sans craindre que le porteur en devine l'usage? Tant de belles découvertes vont devenir inutiles.

Encore si la réforme ne frappait que sur les filles à la

grande pension ! Mais cette armée innombrable dont le sieur Quidot était l'inspecteur, cette armée qui sous les galeries du Palais-Royal et à la clarté des lampes de Quinquet, passe en revue tous les jours devant nous, revue mille fois plus charmante que celle de Xercès ; eh bien, cette armée va être licenciée, faute de paye. Bien plus, l'arrière-ban de cette milice va être encore dispersé. A la suite de trois mille moines défroqués, de vingt mille abbés décalotés, qui retourneront dans leurs provinces guider l'utile charrue ou auner dans le comptoir paternel, il faudra bien que trente mille filles descendent des galetas des rues Troussevache et Vide-Gousset, etc., renoncent aux douceurs de Saint-Martin et de la Salpêtrière, et, comme la pauvre Paquette de Candide aux bords du Pont-Euxin, aillent faire de la pâtisserie avec le frère Giroflée. L'auteur de ce pamphlet va plus loin encore. Adieu, dit-il, les tailleurs, les tapissiers, les selliers, les éventaillistes, les épiciers, la grand'chambre, les procureurs, les avocats, les enlumineurs, les bijoutiers, les orfèvres, les baigneurs, les restaurateurs ; il ruine les six corps ; il ne fait pas de grâce au boulanger et se persuade que nous allons brouter l'herbe ou vivre de la manne.

Il est facile de montrer que loin de déchoir de sa splendeur, la capitale va devenir plus florissante que jamais. On accuse la génération de tout renverser et de ne rien édifier. Mais ne faut-il pas avoir détruit la Bastille, avant de rien élever sur son emplacement ? Déjà maint architecte s'évertue à imaginer un palais digne des augustes représentants de la nation. Bientôt vous le verrez sortir de dessous les ruines de cette Bastille. Là, dans son sein, Paris aura l'Assemblée nationale, le congrès de quarante-cinq provinces, le siège de la majesté, de la loyauté du peuple français, l'autel de la concorde, la chaire de la philosophie, la tribune du patriotisme, le temple de la liberté, de l'humanité et de la raison, où tous les peuples viendront chercher des oracles.

Le Conseil permanent de la nation étant alors sédentaire à Paris, cette ville recouvrera enfin, par la transmigration des bureaux, ce surcroît de richesse, de santé et d'embonpoint qu'elle ne cessait de regretter depuis que Louis XIV l'avait comme doublée pour créer Versailles. Ce bienfait, si grand, n'est pas le seul dont la révolution doit enrichir la capitale. Comme ce n'est pas, ainsi que les autres, une ville qui appartienne en propre à ses habitants ; que Paris est plutôt la patrie commune, la mère patrie de tous les Français, il n'est aucune cité dans le royaume qui ne s'intéresse à sa splendeur, et toutes les provinces s'empresseront d'y concourir. L'industrie et l'activité parisienne, secondées de cette conspiration unanime du reste de la nation à embellir la métropole, y créera des merveilles, et M. Mercier ne mourra pas, je l'espère, sans voir ce qu'il a tant souhaité, Paris port. Oui, Paris port, et tellement port, que la galère d'Hyéron y pourrait manœuvrer ; et je prétends voir passer ici en revue à M. de la Fayette, l'infanterie parisienne, la cavalerie parisienne, l'artillerie parisienne, et la marine parisienne.

Il est vrai que la révolution porte un coup mortel à l'Almanach royal. Adieu le privilège de M. d'Houry ; mais M. Baudouin nous imprimera un Almanach national. Il est vrai qu'il y aura moins de séminaires, de couvents de célibataires, mais il faut espérer que la population n'en souffrira point ; il est vrai que le parlement passera, mais la basoche ne passera point. Nous aurons des magistrats moins aristocrates, moins insolents, moins ignorants, moins chers ; mais nous ne manquerons point de jurisconsultes qui ne céderont en rien à ceux de l'université de Louvain, d'Oxford et de Salamanque. Certainement, tant qu'il y aura des hommes, il y aura des plaideurs. Ne dirait-on pas qu'on ne plaide que dans les monarchies ? On plaidait à Athènes, à Rome, et on voit même, par leurs sacs, que les Romains étaient bien plus grands chicaneurs que nous. Il est vrai qu'il n'y aura plus vingt professeurs de droit intéressés à peupler le barreau d'ignorants, parce que leurs revenus croissent en proportion de l'ignorance et de la paresse ; mais les écoles de droit subsisteront cependant, avec cette différence qu'il y aura une véritable chaire, au lieu d'un comptoir. Il est vrai que Calchas n'aura plus cent mille livres de rente ; mais il ne faut à Thermosyris qu'une flûte et un livre d'hymnes, tandis qu'il faut à Mathan des tiares et des trésors. Il est vrai que le sieur Léonard ne fera plus crever six chevaux pour aller mettre des papillottes à Versailles, qu'il ne perdra plus cinquante mille livres sur la caution de son peigne ; mais les coiffeurs ne seront pas bannis de la République. L'esclavage des rois est secoué, mais pour charmer le songe de la vie, on a besoin de l'esclavage des femmes, et la galanterie française restera. L'auteur du *Triomphe de la capitale* croit-il que la liberté soit ennemie des spectacles et d'Aspasie? Qui ne voit combien elle plaît au Palais-Royal? Jamais monarchie n'a fait pour le théâtre autant de dépense que la démocratie d'Athènes. Les Thébains élevèrent une statue au comédien Pronoméus à côté de celle d'Epaminondas ; et ces Lacédémoniens, devant qui dansaient toutes nues, et développaient leurs grâces aux pieds du mont Taygète, toutes les vierges du Péloponèse, haïssaient-ils les femmes ? C'était là leur spectacle, et avaient-ils si grand tort d'en préférer la simplicité à toute la magie de l'opéra d'Athènes? Sur quel fondement notre auteur aristocrate prédit-il donc la solitude du parterre et des loges, la ruine des marchandes de modes, des fabricants de plumes et de gazes, de la foire Saint-Germain, et de la rue des Lombards? La Lanterne prédit, au contraire, que jamais les arts et le commerce n'auront été si florissants. Les Anglais excellaient à faire des étoffes que les Français excellaient à porter. Mais patience, citoyens, vous aviez cent quarante mille calotins qui n'étaient pas la partie de la nation qui eût le moins d'industrie, puisqu'ils savaient vivre à vos dépens. Figurez vous ces deux cent quatre-vingt mille bras rendus au commerce ou à l'agriculture. L'un s'occupe à polir l'acier; l'autre, au lieu de sécher pendant nombre d'années à faire un carême, fait voile pour la pêche de la morue à Terre-Neuve. Que d'esprit perdu dans le quinquennium, dans la poussière des écoles, et sur les bancs de la Sorbonne! Les bons effets de tant de talents, appliqués à perfectionner une manufacture ou à étendre une branche de commerce, sont incalculables.

A la vérité, le clergé tient furieusement à ses cheveux coupés en rond, à ses surplis, ses mitres, ses soutanes rouges et violettes, à ses bénéfices, à l'oreiller et à la cuisine; il ne veut pas entendre parler de la liberté de la presse, et il a une peur extrême de la raison. Depuis la grande victoire remportée sur lui dans la journée des Dîmes, je pensais qu'il n'y avait que le premier pas qui lui aurait coûté; mais la séance du dimanche 23 août me détrompe. *Ecce iterum Crispinus.* Scapin a mis de nouveau la tête hors du sac en criant comme un diable, et tous les efforts du comte de Mirabeau n'ont pu parvenir à l'y faire rentrer.

Poursuis, courageux Mirabeau. Ils ont étouffé un moment ta voix à Versailles; mais Paris, la France et l'Europe entière écoutent cette voix, la voix de la philosophie, du patriotisme et de la liberté; et nos concitoyens lui répondent en faisant retentir leurs dards. Quand te verrons-nous enfin président de l'Assemblée nationale? Cependant, continue d'en être l'orateur, et d'opposer la hache de Phocion aux périodes arrondies et aux phrases sonores de quelques-uns de nos pères conscrits. Poursuis les douze travaux, et achève de triompher du fanatisme. Vois combien tu es devenu cher aux patriotes! Les alarmes du Palais-Royal, le 30 août, montrent qu'on ne sépare point tes dangers de la patrie. Sans doute la nation saura récompenser tes services; sans doute cette nation va se ressaisir du droit, qui lui appartient incontestablement, de choisir ceux qui doivent la représenter. Ce sont ses ambassadeurs qui la représentent chez l'étranger ; c'est donc à elle à les nommer. Oui, elle disposera des ambassades. Elle a vu avec quelle dignité tu as soutenu ses droits ; elle se rappelle ton adresse pour l'éloignement des troupes.

Nec dignius unquam
Majestas meminit sese Romana locutam.

La voix publique te désigne déjà le représentant de la nation dans l'Europe. Va faire oublier à nos anciens et éternels auxiliaires, que leurs secours et leur amitié ont été payés d'ingratitude ; que l'infidélité a des pactes de trois cents ans et aux alliances les plus inviolables, a démenti et déshonoré la loyauté française : ou plutôt conçois un dessein digne de ta philosophie et de ton génie ; il t'appartient de convoquer la Diète européenne et de réaliser l'impraticable paix de l'abbé de Saint-Pierre.

Je suis pourtant fâchée qu'on t'accuse de soutenir la faction royale, et d'avoir dit que si le roi n'a point le *veto*, il vaut mieux demeurer à Constantinople. C'est une calomnie, et la contradiction serait trop grossière avec les principes dans lesquels tu n'as jamais varié, si tu accordais à un seul homme le droit de se jouer des plus sages décrets de toute une nation, et de lui dire : Ce que vous voulez, vous, vingt-cinq millions d'hommes, je ne le veux pas, moi, moi tout seul. Non, il n'est pas possible que Mirabeau ait tenu ce langage ; aussi nous le ferons ambassadeur.

Pour M. Mounier, qui veut non-seulement un *veto* absolu, et qui a bien osé nous proposer un sénat vénitien, il s'en ira en Dauphiné comme il était venu, avec cette différence que, venu au milieu des applaudissements, il s'en retournera au milieu des huées. Et M. de Lally, si fervent royaliste et qui s'imagine apparemment qu'en reconnaissance de son zèle pour le pouvoir d'un seul, nous allons créer pour lui, comme dans le Bas-Empire, la charge d'un grand domestique ; il ira, s'il veut, prendre séance dans la chambre haute du parlement d'Irlande, qu'il nous cite pour modèle.

Lorsque cet honorable membre proposa à l'Assemblée nationale une chambre haute, une cour plénière, et deux cents places de sénateurs à vie et à la nomination royale, lorsqu'il fit briller ainsi à tous les yeux deux cents récompenses pour les traîtres, comment les Chapelier, les Barnave, les Péthion de Villeneuve, les Target, les Grégoire, les Robespierre, les Buzot, les de Landine, les Biozat, les Volney, les Schmitz, les Gleizen, les Mirabeau, et tous les Bretons ; comment ces fidèles défenseurs du peuple n'ont-ils pas déchiré leurs vêtements en signe de douleur? Comment ne se sont-ils pas écriés : Il a blasphémé. Certes je suis zélé partisan de la liberté de haranguer et de faire des motions : moi-même j'ai besoin d'indulgence, *veniam petimusque, damusque vicissim*. Jamais je ne proposerai, comme le célèbre législateur Zaleucus, que celui qui viendra faire une motion ait la corde au cou, et pérore au pied de la Lanterne. Cependant proposer un *veto* absolu, et, pour comble de maux, des aristocrates à vie, à la nomination royale, je demande si on peut concevoir une motion plus liberticide.

Le Palais-Royal avait-il donc si grand tort de crier contre les auteurs et fauteurs d'une pareille motion? Je sais que la promenade du Palais-Royal est étrangement mêlée, que des filous y usent fréquemment de la liberté de la presse, et que maint zélé patriote a perdu plus d'un mouchoir dans la chaleur des motions. Cela ne m'empêche point de rendre un témoignage honorable aux promeneurs du Lycée et du Portique. Ce jardin est le foyer du patriotisme, le rendez-vous de l'élite des patriotes qui ont quitté leurs foyers et leurs provinces pour assister au magnifique spectacle de la Révolution de 1789, et n'en être pas spectateurs oisifs. De quel droit priver du suffrage cette foule d'étrangers, de suppléants, de correspondants de leurs provinces ? Ils sont Français, ils ont intérêt à la constitution, et droit d'y concourir. Combien de Parisiens même ne se soucient pas d'aller dans leurs districts ! Il est plus court d'aller au Palais-Royal. On n'a pas besoin d'y demander la parole à un président, d'attendre son tour pendant deux heures. On propose sa motion. Si elle trouve des partisans, on fait monter l'orateur sur une chaise. S'il est applaudi, il la rédige ; s'il est sifflé, il s'en va. Ainsi faisaient les Romains, dont le *Forum* ne ressemblait pas mal à notre Palais-Royal. Ils n'allaient point au district demander la parole. On allait sur la place, on montait sur au banc, sans craindre d'aller à l'Abbaye. Si la motion était bien reçue, on la proposait dans les formes ; alors on l'affichait sur la place, elle y demeurait en placard pendant vingt-neuf jours de marché. Au bout de ce temps, il y avait assemblée générale ; tous les citoyens et non pas un seul, donnaient leur sanction. Honnêtes promeneurs du Palais-Royal, ardents promoteurs de tout bien public, vous n'êtes point des pervers et des Catilinas, comme vous appelle M. de Clermont-Tonnerre et le *Journal de Paris*, que vous ne lisez point. Catilina, s'il m'en souvient, voulait se saisir du *veto*, à l'exemple de Sylla, qui avait ôté au peuple ses tribuns et son *veto*. Ainsi loin d'être des Catilinas vous êtes les ennemis de Catilina. Mes bons amis, recevez les plus tendres remercîments de la Lanterne. C'est du Palais-Royal que sont partis les généreux citoyens qui ont arraché des prisons de l'Abbaye les gardes françaises détenus ou présumés tels pour la bonne cause. C'est du Palais-Royal que sont partis les ordres de fermer les théâtres et de prendre le deuil le 12 juillet. C'est au Palais-Royal que, le même jour, on a crié aux armes et pris la cocarde nationale. C'est le Palais-Royal qui, depuis six mois, a inondé la France de toutes ces brochures qui ont rendu tout le monde, et le soldat même, philosophe. C'est au Palais-Royal que les patriotes, dansant en rond avec la cavalerie, les dragons, les chauffeurs, les Suisses, les canonniers, les embrassant, les enivrant, prodiguant l'or pour les faire boire à la santé de la nation, ont gagné toute l'armée, et déjoué les projets infernaux des véritables Catilinas. C'est le Palais-Royal qui a sauvé l'Assemblée nationale et Parisiens ingrats d'un massacre général. Et parce que deux ou trois étourdis, qui eux-mêmes ne veulent pas la mort du pécheur, mais qu'il se convertisse, auront écrit une lettre comminatoire, une lettre qui n'a pas été inutile, le Palais-Royal sera mis en interdit, et on ne pourra plus s'y promener sans être regardé comme un Maury et un d'Esprémesnil.

On ne réfléchit pas assez combien ce *veto* était désastreux. Peut-on ne pas voir qu'au moyen du *veto*, en vain nous avions fait chanter un *Te Deum* au clergé, pour la perte de ses dîmes ; le clergé et la noblesse conservaient leurs privilèges ? Cette fameuse nuit du 4 au 5 août, le roi eût dit : Je la retranche du nombre des nuits, je défends qu'on en invoque les décrets, j'annule tout *veto*. En vain l'Assemblée nationale aurait supprimé les fermiers généraux et la gabelle, le roi aurait pu dire : *veto*. Voilà pourquoi M. Treilhard, avocat des publicains, a défendu le *veto* jusqu'à extinction de voix. Il a bravé l'infamie et s'est dit comme Me Pincemaille dans Horace :

> Pepulos me sibilat, at mihi plaudo
> Ipse domi, nummos simul ac contemplor in arcâ.

Je ne suis qu'une lanterne, mais je confondrais en deux mots ces grands défenseurs du *veto*, Mounier, Clermont-Tonnerre, Lally, Thouret, Maury, Treilhard, d'Entraigues, etc. En faveur de ce monstrueux et absurde *veto*, qui ferait de la première nation de l'univers, et de vingt-quatre millions d'hommes, un peuple ridicule d'enfants, sous la férule d'un maître d'école, ils ne savent que s'appuyer des cahiers de provinces. Ils ne prennent pas garde qu'il n'est pas un seul de ces cahiers qui, en même temps qu'il accorde le *veto*, ne renferme quelque article contradictoire et destructif de ce *veto*. Par exemple, toutes les provinces ont voté impérativement une nouvelle constitution ; donc elles ont déclaré implicitement que nul n'avait le droit de s'opposer à cette constitution. Toutes les provinces ont voté impérativement la répartition égale des impôts, l'extinction des privilèges pécuniaires, etc. ; donc, par ce mandat impératif, elles ont déclaré indirectement que nulle puissance n'avait le droit de dire *veto*, et de maintenir l'ancien usage.

Cette contradiction, qui se trouve dans tous les cahiers, entre l'article qui accorde le *veto*, et un ou plusieurs articles, n'a pas échappé aux rédacteurs dans les provinces. On en a fait la remarque dans plusieurs bailliages. Mais les provinces suivaient alors le précepte de l'Evangile, qui recommande la prudence du serpent. Il leur suscitait d'établir par un ou deux articles, que sur ces points où la nation avait déjà manifesté son vœu unanime, il n'y avait lieu au *veto* ; elles ont affecté d'accorder un *veto* contradictoire, pour ne pas trop alarmer le despotisme. Dans cette contradiction de tous les cahiers, quel parti plus sage que de faire expliquer de nouveau les provinces, de demander qu'elles déclarassent leur dernière volonté ; ce qui est, en propres termes, la motion du Palais-Royal. Il est vrai qu'il y a eu des contrefaçons.

Les défenseurs du *veto* à Versailles s'appuient encore de leur prétendue majorité. La Lanterne va relever ici une grande erreur ; et l'observation qu'elle soumet au jugement du Palais-Royal, son district favori, est d'une telle importance, qu'elle élimine elle seule de l'Assemblée nationale au moins cinq cents ennemis de la raison et de l'optimisme.

Nous n'avons plus d'États généraux qui faisaient des doléances, nous avons une Assemblée nationale qui fait des lois. Une telle assemblée ne peut être composée que des représentants de la nation, et la Lanterne ne reconnaît pour ses représentants que les six cents députés des communes. Il est évident que les six cents autres membres sont députés, non de la nation, mais du clergé et de la noblesse. Le clergé et la noblesse n'ont pas plus le droit d'envoyer six cents députés à Versailles, que n'en aurait la magistrature ou toute autre corporation. Voilà donc six cents membres de l'Assemblée nationale qu'il faut renvoyer dans les galeries. Comme tous les citoyens sont égaux et ont droit de concourir à la Constitution, il serait injuste que la noblesse et le clergé ne fussent pas représentés. Il faut qu'ils aient leurs députés dans la même proportion que le reste des citoyens un par vingt mille. Le dénombrement du clergé et de la noblesse s'élève à trois cent mille individus, c'est donc quinze représentants à choisir parmi les six cents. Tout le reste n'a dans l'Assemblée, pas plus le droit de voter que les citoyens du Palais-Royal. Ainsi pense la Lanterne. A ces causes, elle *proteste* contre l'article de la Constitution, qui établit une religion dominante et un culte exclusif; et sa protestation est fondée en droit, vu que si le clergé n'avait pas eu trois cents représentants dans l'Assemblée nationale, la motion de M. Rabaud de Saint-Étienne aurait prévalu.

Mais il faut pardonner au clergé de crier tout haut de sa tête en faveur d'un culte dominant.

Dom pourceau raisonnait en subtil personnage.

L'abbé Maury voit que la mense du prieuré de Lihons court le plus grand risque. Perfides communes, s'écrie l'abbé François, quand vous nous embrassiez dans l'église de Saint-Louis, c'était donc pour nous étouffer. Voilà déjà la dîme et les prémisses supprimées; si la liberté du culte est établie, les portes de l'enfer auront bientôt prévalu contre nous, malgré la prophétie.

M. François a raison. Lorsqu'il va être question de contribuer à l'entretien du prêtre catholique : Moi : dira le paroissien, que je nourrisse le prêtre? C'est à celui qui va à la messe à payer le sacristain.

Tout le monde se fera hérétique, schismatique, et même juif, s'il le faut, pour ne point payer. Le philosophe dira : C'est à celui qui se fait enterrer dans le cimetière, ou qui est jaloux des honneurs du caveau, à payer le luminaire, la grande sonnerie, et les jurés-crieurs. Pour moi, mon tombeau est dans mon jardin ; là reposeront ma femme et mes enfants. Cette idée que les cendres de son père sont éparses dans cette enceinte, attachera mon fils à sa propriété. Cet héritage consacré, jamais il ne le vendra. Au riche, son voisin, qui marchanderait ce coin de terre, il répondra, comme ce chef des Canadiens à qui des Européens proposaient de céder leur pays : Nous ne pouvons nous éloigner de cette terre ; dirons-nous aux ossements de nos pères : Levez-vous et marchez !

Consolez-vous pourtant, bons Parisiens, vous aurez toujours votre chère patronne, et on ne l'enlèvera pas au curé de Saint-Eustache. comme le disait si plaisamment un de nos devanciers. Vous aurez toujours vos processions, vos serpents, vos basses-contre, et vous serez toujours maîtres de vous faire enterrer à Clamart ou à Saint-Sulpice ; seulement vous ne regarderez plus comme des païens et des employés des fermes, ceux qui, à l'exemple d'Abraham et de Jacob, voudront être portés dans la terre de Canaan, et dormir à côté de Sara et de Rachel.

Il est une religion qui n'appartient pas à certain peuple, à certains climats, comme le christianisme, mais une religion qui est répandue chez tous les peuples, une religion de tous les siècles et de tous les pays, une religion innée ; c'est celle qu'ont conservée dans sa pureté les hommes éclairés et les sages, c'est la religion des Socrate, des Platon, des Cicéron, des Scipion, des Marc-Aurèle, des Epictète, des Confucius, des Plutarque, des Virgile, des Horace, des Bayle, des Erasme, des Bacon, des Lhôpital, des Buffon, des Voltaire, des Montesquieu, des Jean-Jacques Rousseau. Sa foi est de croire en Dieu, sa charité d'aimer les hommes comme des frères, son espérance est celle d'une autre vie. Cette religion ne procurera jamais des extases comme celle de sainte Thérèse ou de saint Ignace qui transpirait d'amour divin, et en était trempé au point de changer trois fois de chemise à une messe de minuit. N'a pas qui veut le bonheur d'être fou. Mais il y a un conte charmant de Voltaire, fait pour nous consoler. C'est un muphti philosophe, qui sur le récit des visions extatiques d'une vieille dévote musulmane, va lui rendre visite, il la trouve aussi heureuse que Madame Guyon, et je ne sais plus quelle sainte religieuse à qui un ange perce le cœur d'un coup de lance, et applique le stigmate de saint François. Le muphti ne peut s'empêcher de lui porter envie, et maintenant néanmoins il retourne au palais patriarcal, en se disant : Voudrais-je de ce bonheur-là ?

Assurément il y aurait de la cruauté d'empêcher personne de marcher les talons au rebours, de se donner la discipline, et d'être ravi comme saint Paul au troisième ciel, d'y voir ce que l'œil n'a point vu, et d'entendre ce que l'oreille n'a point entendu. Ce serait un attentat à la liberté, et je prie de ne point calomnier la Lanterne à ce point, que de lui prêter de pareilles intentions ; je déclare au contraire, qu'il doit être permis à qui voudra d'aller à Sainte-Geneviève, à Notre-Dame de Lorette, ou à Saint-Jacques de Compostelle, et même comme le bienheureux Labre, de pousser jusqu'à Jérusalem. Heureux ceux qui croient ! la foi transporte les montagnes ; elles ferait venir la mer jusques à Paris, et nous épargnerait la dépense énorme d'élargir la Seine et de creuser un port, au-dessus du Champs de Mars. Mais cette foi n'est pas donnée à tous, et il est juste que l'Assemblée nationale s'occupe des intérêts de tous le monde. Si le peuple a besoin d'une religion, le philosophe, l'homme sensible et honnête en ont plus besoin encore. Voyez quels efforts ont faits Platon, Cicéron, et Jean-Jacques, pour nous persuader l'immortalité. Nous sommes en France un million de théistes, observait il y a vingt-cinq ans le patriarche de Ferney; depuis, ce nombre s'est accru jusqu'à l'infini, et très près probablement le théisme deviendra peu à peu la religion catholique, c'est-à-dire, universelle. L'estimable M. Rabaud, dont le civisme et les talents font tant d'honneur au clergé de Genève, demande des temples pour quatre millions de protestants. Le temple du théiste est l'univers; mais la Lanterne demande les églises, c'est-à-dire, des lieux d'assemblée pour huit millions de théistes. Cette religion serait digne de la majesté et des lumières du peuples français. Dépouillée des mensonges des autres cultes, qui tous ont défiguré la divinité, elle ne conserverait que ce qu'ils ont d'auguste, la reconnaissance d'un être suprême et l'idée de la justice, inséparable de la récompense des bons et de la punition des méchants. Le philosophe exerce le sacerdoce de cette religion; et y a cet avantage pour le peuple, qu'il ne lui faut ni dîme, ni casuel, ni abbaye, ni prieuré, ni croupe, ni pension sur les bénéfices. Après avoir été entendre l'abbé Maury prêcher aux Quinze-Vingts le célibat, on irait à Saint-Sulpice ou à Saint-Roch suivre un carême ou un avent de l'abbé Raynal, ou de Jean-Jacques Rousseau. Les cérémonies religieuses et touchantes ne manqueraient pas à ce culte. Que l'Eglise lui restitue tout ce qu'elle a emprunté du paganisme, qui n'est que le théisme altéré; et au lieu de la procession des Rogations, nous aurons la procession de la fête des Palès, au lieu de l'eau bénite, l'eau lustrale; au lieu du pain bénit, les agapes, les repas en commun des pythagoriciens; au lieu de cette plaque de cuivre ou d'argent qu'on nous présente, nous aurons l'ancienne cérémonie du baiser de paix, institution si charmante pour qui savait se placer avantageusement. Avons-nous rien de plus pieux que la prière d'Epictète ou l'hymne de Cléanthe? Qui est-ce qui ne se trouve pas aussi dévot, aussi recueilli, lorsqu'à l'opéra d'Alceste il entend la prière du grand prêtre, que lorsqu'à Notre-Dame il entend l'*O salutaris* de Gossec? Pas une de nos fêtes qui ne soit une imitation des fêtes païennes. Il y a plus : nous n'avons souvent imité de ces fêtes que leurs extravagances, sans retenir leur but moral. Je n'en veux pour exemple que ces formules tant décriées, auxquelles est venu succéder le carnaval. Aux saturnales les païens se comportaient comme si le monde allait finir. C'était une fête commémorative, instituée pour rappeler l'égalité originelle ; c'étaient des espèces de déclaration chommée des droits de l'homme, tout y représentait l'anéantissement futur des sociétés. Il n'y avait plus de tribunaux, plus d'école, plus de sénat, plus de guerre. Tous les états étaient confondus. On régalait les pauvres à sa table sans distinctions de rang. Les maîtres changeaient d'habits avec leurs esclaves, et les servaient à leur tour. On payait les dettes, les mois de nourrices, et les loyers des pauvres. J'en ait dit assez pour faire sentir au clergé qu'il a tort de tant se prévaloir de la prétendue nécessité de sa morale, dont on peut fort bien se passer. Je laisse à l'abbé Fauchet à faire un beau livre là-dessus, à nous donner un corps complet de religion, et à achever le Dieu national qu'il a si heureusement commencé.

Imprimerie de Poissy — S. Lejay et Cie.

la même Librairie

PETITE
BIBLIOTHÈQUE ILLUSTRÉE
DES
CONNAISSANCES UTILES
SOUS LA DIRECTION DE
L. HUARD

LISTE DES VOLUMES

1. Les Torpilles et les Torpilleurs.
2. La Rage et l'Institut Pasteur.
3. Les Fusils à répétition.
4. Les Tremblements de terre.
5. Les Projectiles.
6. Les Ballons dirigeables.
7. Les Mitrailleuses.
8. L'Electricité au Théâtre.
9. Le Canal de Suez.
10. Les Aiguilles.
11. Les Canons.
12. Les Locomotives.
13. La Lumière électrique.
14. Les Mines.
15. Le Phylloxera.
16. Le Tissage de la soie.
17. La Manufacture de Sèvres.
18. L'Alcool.
19. La Typographie.
20. Les Gobelins.
21. Les Faïences anciennes.
22. Les Tissus façonnés.
23. 24. Les Alcools d'Industrie.
25. L'Imprimerie.
26. Le Tricot.
27. 28. Les Faïences Françaises.
29. La Bougie.
30. La Gravure.
31. La Gravure (suite et fin).
32. Les Moteurs à gaz.
33. Les premiers Ballons.
34. La Direction des Ballons.
35. Les Piles électriques.
36. Les Piles électriques (suite et fin).
37. Les Machines électriques.
38. Les Machines électriques (suite et fin).
39. Moteurs hydrauliques (les Roues).
40. Moteurs hydrauliques (les Turbines).

Il paraît un volume tous les MERCREDIS dans l'ordre ci-dessus, à partir du 12 avril.

PROGRAMME

A mesure que la République, au prix des plus grands sacrifices, répand l'instruction dans toutes les classes de la société, le besoin de lire devient chaque jour plus grand, le champ de la curiosité intellectuelle s'élargit; déjà, par la presse, des notions sommaires circulent à travers la masse des citoyens, éveillent en eux la volonté de connaître plus complètement les hommes et les œuvres dont le nom passe sans cesse sous leurs yeux :

Mais, pour satisfaire ces légitimes aspirations, que d'obstacles surgissent devant la grande majorité des lecteurs. D'une part, le prix élevé des livres; d'autre part la difficulté de faire un choix, d'opérer une sélection dans la liste parfois considérable des ouvrages de chaque auteur.

Ces considérations nous ont déterminé à fonder, sous le titre : *Les Livres du Peuple*, une bibliothèque républicaine qui, sous un format élégant, et pour un prix insignifiant, fournira aux hommes avides à la fois d'instruction et de saines distractions l'aliment généreux et réconfortant dont notre littérature française est une source inépuisable.

Dix centimes le volume, 36 pages de texte, contenant une œuvre ou des fragments d'œuvres à la fois intéressants et instructifs, signées des noms les plus illustres de notre pays; c'est là que nous avons trouvé la solution du problème. Chaque semaine, dans la chambre du travailleur un nouvel hôte viendra s'asseoir pour lui donner des enseignements ou éveiller son imagination, et à la fin de l'année, ces volumes formeront une sorte d'encyclopédie de la pensée humaine.

Des illustrations soignées y ajouteront un attrait particulier.

Nous estimons que, dans le développement de la conscience républicaine, dans la notion juste des droits et des devoirs, réside l'avenir de notre pays. Nous avons la ferme conviction qu'il faut combattre par l'instruction rationnelle les enseignements mystiques et faux du cléricalisme. Notre Bibliothèque sera une arme de propagande démocratique et nous avons l'espoir que le public nous aidera à la porter haute et ferme dans la lutte de l'obscurantisme contre la pensée libre.

Histoire, philosophie, théâtre, romans, sciences physiques et naturelles, industrie, toutes les branches des connaissances humaines trouveront place dans *les Livres du Peuple.*

Nous avons confié la direction de cette œuvre éminemment utile à M. Jules Lermina, dont le républicanisme éprouvé, le talent littéraire et la grande érudition sont pour tous le garant des tendances qui seront imprimées à notre Bibliothèque et du goût qui présidera au choix des publications. Tous les républicains voudront rire et propager ces excellents livres.

www.ingramcontent.com/pod-product-compliance
Ingram Content Group UK Ltd.
Pitfield, Milton Keynes, MK11 3LW, UK
UKHW022138260726
13993UKWH00005B/2019

9 782329 172132